Clubinho da Laura

Êêêêê!

Olha só quem está chegando com mais um...

Espera aí, isto aqui não é um vídeo novo no canal...
Este é o meu livro! **Uaau!**

Vocês estão preparados para uma aventura? Cheia de magia, fadas, princesas, brincadeiras e muita diversão? Eu estou!
Será que a mamãe, o papai e a Helena também?
Isso vocês só vão saber depois de brincarem comigo.

Era uma vez duas irmãs, Laurinha e Helena, que adoravam o mundo das princesas!

Elas sempre se vestiam de princesas e sonhavam em tornar isso realidade. Um dia, enquanto brincavam de ter um castelo só para elas, uma fada madrinha apareceu para realizar esse desejo:

Ser uma princesa de verdade!

Laurinha e Helena ficaram surpresas com a fada madrinha. Agora, elas seriam princesas de verdade!

Quando a Fada Belinha perguntou o motivo das meninas desejarem virar princesas, elas explicaram que era porque as princesas são tão lindas, tão legais, têm um castelo só para elas... Ah, o universo mágico dos contos de fadas deixava as meninas encantadas!

Então, a Fada Belinha fez uma proposta.

Princesas têm muitas responsabilidades. Que tal vocês conhecerem tudo antes de decidirem se realmente querem ser princesas?

Ebaaaa!!! Vamos!

Quando a Fada Belinha finalmente encontrou sua varinha, ela fez surgir um medalhão lindo, mas que parecia estar pela metade.

Então, ela explicou para as meninas que aquele medalhão serviria para ajudá-las a passar pelos reinos das princesas e que, quando elas tivessem seu próprio reino, ganhariam a outra metade, que funcionaria como uma "chave" para o mundo encantado. Era hora de levar Laurinha e Helena para o primeiro reino que elas iriam conhecer:

O reino da princesa Bela Acordada!

Bela Acordada? Mas não é a Bela Ador...

Não! Este é o reino da Bela Acordada, e ela não gosta quando a confundem com a outra princesa.

Então, vamos! Nos leve até ela!

Quando chegaram, Laurinha e Helena estranharam, pois elas não estavam em um castelo gigante: **elas foram para um vilarejo**.

Quando encontraram a princesa, a Fada Belinha explicou para Bela Acordada o que as meninas faziam lá e, então, a princesa disse para as meninas que estava no vilarejo pois, como princesa, seu papel era ajudar a todos do reino, e ela estava andando pela vila para ver se todos estavam bem.

Nós, princesas, temos que ajudar a todos do reino, mas tem que ser de coração!

Que legal, princesa. O vilarejo do seu reino é muito bonito.

Podemos conhecer a vila?

Passeio no vilarejo

Laurinha e Helena foram conhecer o vilarejo junto com a princesa Bela Acordada e a Fada Belinha. Para conhecer a vila também, enumere as peças abaixo em seus lugares correspondentes.

Depois de passearem pelo vilarejo, a princesa perguntou se as meninas queriam conhecer o Bosque Encantado, um lugar lindo, cheio de flores, borboletas e muito colorido. As meninas, é claro, ficaram muito contentes e já queriam partir imediatamente.

Vamoooos!!!

Caminho das pedras

Para chegar ao Bosque Encantado, faça a soma de acordo com a legenda. O caminho correto é aquele com menor resposta.

Quando chegaram, o Bosque Encantado estava cheio de lixo jogado por todos os cantos. A princesa ficou muito triste, pois algumas pessoas continuavam jogando lixo no chão, mesmo depois de ela já ter falado várias vezes sobre a importância de jogar o lixo no lixo.

Ela, como uma boa princesa, disse que limparia todo o bosque, e perguntou se as meninas queriam ajudá-la.

Isso é muito feio!

As pessoas deveriam ter vergonha por jogarem lixo no chão.

Assim que terminaram de limpar o Bosque Encantado, Bela Acordada explicou que precisava encontrar as Fadinhas Coloridas para ajudá-las a organizar o baile que teria no reino.

Laurinha e Helena disseram que adorariam ajudar, mas a Fada Belinha já estava segurando sua varinha e pronta para levar as meninas ao próximo reino.

Depois de se despedirem da Bela Acordada, era hora de irem ao próximo reino. Laurinha e Helena estavam cada vez mais entusiasmadas com tudo o que havia acontecido e com o que ainda estava por vir. Afinal, ela estavam no reino das princesas! Mas como elas iriam até a próxima princesa?

Laurinha e Helena estavam ansiosas para ver a próxima mágica que a Fada faria.

Ligue os pontos

A Fada Belinha quer tornar a viagem da Helena e da Laurinha inesquecível. Ligue os pontos e descubra quem vai levar as meninas para o próximo reino. Afinal, em contos de fadas, tudo pode acontecer.

As meninas adoraram a viagem no dragão! Foi superdivertida.

Então, elas chegaram ao reino da princesa Anabela, e a Fada Belinha percebeu que havia algo errado. Anabela explicou que estava preocupada com a madrasta boa, que estava presa no alto da torre, **pois a princesa perdeu a única chave capaz de abrir a porta.**

Quando finalmente notou a presença das meninas ali, a princesa perguntou quem eram elas, e a Fada Belinha explicou que Laurinha e Helena queriam virar princesas, por isso, estavam conhecendo alguns reinos e princesas para entenderem que era preciso muita responsabilidade e gentileza para se tornar uma.

Hmmm... Que tal vocês me ajudarem, meninas?

Já sei! Tenho uma ideia...

Siga as letras

Para descobrir qual foi a ideia da Fada Belinha, siga as linhas que conectam as caixas abaixo. As caixas que se ligam devem ser preenchidas pela mesma letra. Siga o exemplo.

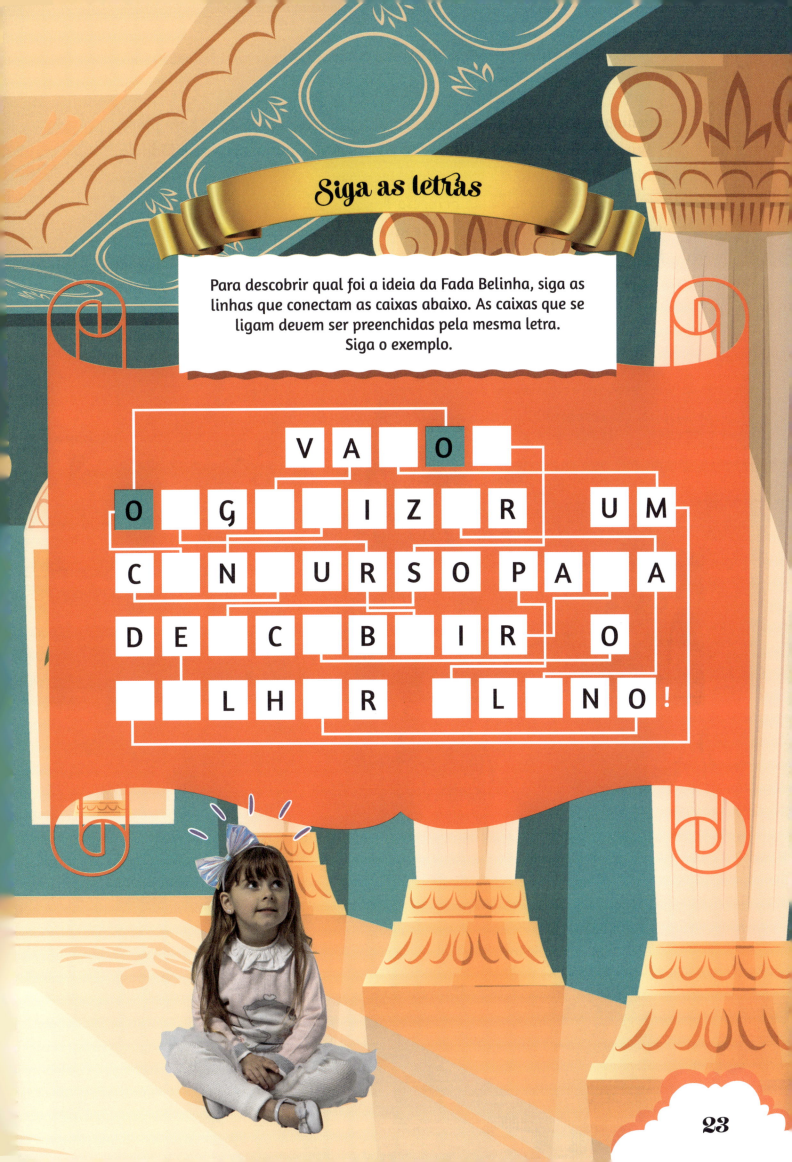

Anabela gostou de ouvir a ideia de Belinha, com certeza, algum bom plano sairia desse concurso, e a madrasta boa seria, finalmente, resgatada da torre mais alta do castelo.

Laurinha, Helena e Fada Belinha já estavam mais do que prontas para ajudarem nessa missão.

E o plano vencedor para resgatar a madrasta boa foi o da... *Laurinha!*
A ideia surgiu no final, quando nenhuma das outras ideias havia sido boa o suficiente.

Então, Laurinha lembrou-se da história da princesa que ficava presa no alto da torre e jogava suas tranças para que o príncipe subisse até ela. Imediatamente, Anabela lembrou-se também: afinal, essa princesa era uma grande amiga dela de infância.

Você vai jogar seu cabelo para a madrasta usar como corda, Laurinha?

Meu cabelo não é tão forte nem tão comprido, hahaha. Vamos construir uma corda usando os vestidos que você não usa mais!

Plano infalível

Laurinha conseguiu 4 pedaços de vestidos de diferentes tamanhos. A soma de dois deles corresponde ao tamanho necessário para resgatar a madrastra: 100cm.
Você consegue descobrir quais são? Circule-os.

30cm

60cm

40cm

20cm

Que ótima ideia!

27

Laurinha e Helena conseguiram resgatar a madrasta boa, e todo mundo ficou muito feliz. Então, Laurinha disse à Anabela que nunca havia visto uma madrasta boa nas histórias, só as más, porém havia achado muito legal!

Parece que a missão por ali estava mais do que feita e já era hora da Fada Belinha levar as meninas para *outro reino*, e a varinha mágica a postos só reforçava isso.

28

Quando as meninas já estavam dentro da carruagem e prontas para partirem, a madrasta boa correu atrás delas e deu um sapatinho de cristal para cada uma delas.

Afinal, Laurinha e Helena resgataram a madrasta boa e ela queria muito agradecer por não ter que passar mais nenhum dia trancada.

Sapatinhos de cristal

As meninas adoraram o presente que ganharam da madrasta boa. Para saber qual foi o sapatinho que elas ganharam, circule abaixo qual é o único que não se repete.

No caminho, Helena perguntava o tempo todo se elas já estavam chegando, se já haviam chegado ou que horas iriam chegar. A Fada Belinha já estava ficando doida! Mas elas estavam se divertindo com toda aquela pressa.

Laurinha também estava muito curiosa para saber qual era o *próximo reino.*

Encontre os erros

Laurinha, Helena e Fada Belinha chegaram ao castelo da Branca de Névoa. Você consegue encontrar 7 erros entre as imagens abaixo?

Laurinha e Helena finalmente entraram naquele castelo gigante!

Depois de passarem pelas portas imensas, viram uma princesa que falava sem parar sobre ursos que iriam acordar dali a pouco. "Será que está tudo pronto para eles?", ela se questionava. As meninas estavam ficando atordoadas, até que, por um instante, ela finalmente parou, *notando a presença da Fada Belinha e das meninas.*

38

Lista das princesas

Ser uma princesa ou um príncipe exige muitas responsabilidades! Marque abaixo o que você acha que a realeza não deve fazer.

- ⃝ Ajudar o próximo
- ⃝ Cuidar dos animais
- ⃝ Jogar lixo no chão
- ⃝ Deixar coisas espalhadas pelo castelo
- ⃝ Responder com grosseria
- ⃝ Respeitar os mais velhos
- ⃝ Ser educado

Bruxa boa? Cesta de frutas? Aiai, tô amando essas princesas!

39

As meninas estavam maravilhadas, isso não tinha como negar! E elas estavam cada vez mais empolgadas com tantas coisas para aprender sobre como ser uma princesa de verdade. Não era nada simples ou fácil, porém elas tinham certeza de que conseguiriam ser boas princesas também e que iriam adorar ajudar todos os seres do reino!

Ah, e elas também estavam empolgadas e curiosas sobre os ursos que a Branca de Névoa precisava cuidar.

O que um urso come?

Procure, no diagrama abaixo, as palavras que aparecem em destaque.

Strawberry (morango)
Potato (batata)
Tomato (tomate)

Carrot (cenoura)
Apple (maçã)
Honey (mel)

```
B W C E Z C H Q E W G P R B E
I A M I O S T R A W B E R R Y
X A X A A N Y Y Q Y L K J Y Y
G M R S S D Y J T Q G Z K S Z
S L S O V H O N E Y P X Y P Z
L F T G O Z J J X W O Q W C Q
M T J K W E C I E S T P Q J X
F Y F J R G Q J E R A P V N L
M R J L V A R J C K T A R T D
Y Y F R I P L X S Q O P H W U
F Q S I I M Z T E R O P Q F L
Z Q S E Y T O M A T O L L E Y
T H E V G L U Q K N Z E V Z I
V L G B Z C F U D W E A J S G
C A R R O T G S L U I W Z N F
```

41

Separar os alimentos para os ursos foi uma tarefa muito legal! Laurinha e Helena estavam empolgadas para conhecer não só as princesas, mas os animais também... Eles pareciam ser tããão fofinhos, imagina só que divertido poder passar o dia todo conversando com eles?

Essa aventura pelos reinos das princesas estava sendo *realmente incrível*.

Conhecer princesas e ficar amiga delas já estava sendo o máximo, e agora ganhar presentes?

Uau! Laurinha e Helena estavam muito felizes com tudo o que estavam descobrindo e aprendendo. E também estavam adorando essa ideia de ganhar presentes, é claro, ainda mais um espelho mágico!

Uau, ele é lindo. Obrigada, princesa.

Amei conhecer vocês, meninas! Venham me visitar sempre. Vocês irão adorar os sete gigantes!

Até mais, Branca de Névoa. Também adoramos conhecer você e o seu reino!

Meninas, é hora de saber se, finalmente, vocês serão princesas de contos de fadas ou não!

Erros na floresta

Observe as duas cenas abaixo e encontre os 7 erros entre elas.

45

A hora de decidir se realmente estavam prontas para todas as responsabilidades de serem princesas de verdade estava cada vez mais perto, e as aventuras pelos reinos parecem ter deixado-as bem motivadas a seguir esse sonho.

Será que as meninas ainda tinham o mesmo desejo ou já tinham mudado de ideia? Agora, a Fada Belinha precisava ter uma conversa séria com as meninas antes de elas assinarem um termo!

É, ser princesa de verdade não é brincadeira mesmo.

Nós, Laurinha e Helena, sabemos de todas as responsabilidades de ser uma verdadeira princesa de contos de fadas, e estamos de acordo com todas as nossas tarefas.

Seremos responsáveis e iremos ajudar cada ser que mora no reino, sempre buscando o bem-estar de todos.

Prometemos não deixar faltar diversão no nosso reino!

Laurinha
Laurinha

Helena
Helena

Belinha
Fada Belinha

Essa missão parecia ser muuuito séria mesmo, afinal, até um termo real foi preciso assinar.

Porém, Laurinha e Helena não mudaram de ideia, muito pelo contrário, elas estavam ainda mais animadas em finalmente poderem realizar o sonho de ser princesas de verdade, só que ainda falta uma coisinha muito importante para o "felizes para sempre" acontecer...

Só um pouco de magia!

48

Encontre a metade!

Laurinha e Helena precisam da outra metade do medalhão para virarem princesas de verdade. Circule abaixo qual é a parte que se encaixa corretamente na que elas já têm.

49

Hora do slime

Preencha os espaços abaixo para descobrir quais são os principais ingredientes do slime. Depois, escreva na linha em branco o que você vai colocar para deixar seu slime diferentão. Vale colocar glitter, lantejoula, tinta guache... Solte a imaginação!

Um material usado na escola que ajuda a grudar folhas:

☐ l ☐ ☐ r ☐ n ☐ a

Creme branco que o papai usa para fazer a barba:

E ☐ ☐ ☐ ma ☐ e ☐ ☐ r ☐ e r

Não é sal, mas também é facilmente encontrado na cozinha:

☐ i ☐ ☐ r ☐ n t ☐

Uma água que precisa ser comprada na farmácia:

g ☐ ☐ b ☐ ☐ i ☐ d ☐

Qual vai ser seu ingrediente extra?

_____

Unicórnios no reino

Este reino é repleto de unicórnios! Ligue os pontos abaixo para completar o unicórnio e, depois, pinte-o com suas cores preferidas.

53

É sempre muito importante brincar e dar atenção para os animais, faz parte da boa conduta das princesas serem gentis com os bichinhos. Maaas elas ainda tinham mais uma aventura para organizar! Afinal de contas, bailes reais também estão na rotina de todas as princesas. *E é preciso ter as amigas sempre por perto para compartilhar os bons momentos.*

Todas as princesas estavam reunidas no castelo do reino do slime. E elas estavam muito felizes pela Laurinha e pela Helena terem aprendido vááárias lições importantes e finalmente terem conseguido realizar o sonho delas!

Bela Acordada estava amando o castelo, Anabela havia adorado os animaizinhos que entregaram seu convite — eles até tinham feito amizade com os bichinhos do reino dela —, Branca de Névoa também não parava de tagarelar sobre o reino do slime. **Mas parece que tinha um detalhezinho nesse felizes para sempre...** Já era hora de voltar para casa! Afinal, a mamãe e o papai deviam estar com saudade.

Tchau, meninas!

Preencha os números que faltam no relógio e anote o horário que Laurinha e Helena precisam ir embora.

__h__m

Magicamente, as meninas voltaram para casa. Elas contaram toda a aventura para os pais, que ficaram encantados.

Então, elas prometeram que, da próxima vez, levariam eles junto para a aventura, já que *elas poderiam voltar para lá quando quisessem!*

Vamos nos despedir?

Eu não acredito que acabou!

Estava tão legal passear pelos reinos.
Essa história de ser princesa de verdade
dá trabalho, mas até que é divertido!

Mas não precisa ficar triste,
amiguinho, podemos continuar
essa brincadeira lá no canal!
Colocar um vestido de princesa
agora vai ter outro significado, hahaha.

clubinhodalaura

Laurinha e Helena -
Clubinho da Laura

Respostas

Página 7

Página 9

Página 11
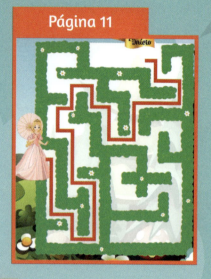

Página 13

Página 15

Páginas 16 e 17

Página 21

Página 23

Página 25

Página 27
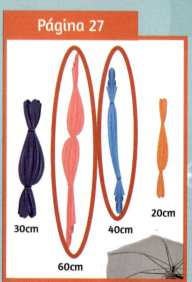

Página 30

Página 35

Página 37

Página 39
- ○ Ajudar o próximo
- ○ Cuidar dos animais
- ✗ Jogar lixo no chão
- ✗ Deixar coisas espalhadas pelo castelo
- ✗ Responder com grosseria
- ○ Respeitar os mais velhos
- ○ Ser educado

Página 41

Página 43

resposta: 3 espelhos

Página 45

Página 49

Página 51
Um material usado na escola que ajuda a grudar folhas:
COLA BRANCA

Creme branco que o papai usa para fazer a barba:
ESPUMA DE BARBEAR

Não é sal, mas também é facilmente encontrado na cozinha:
BICARBONATO

Uma água que precisa ser comprada na farmácia:
ÁGUA BORICADA

Página 53

Página 55

VAMOS ENVIAR OS
CONVITES ATRAVÉS
DE PÁSSAROS
ENCANTADOS

Página 57

12h20m

Página 55

É SÓ USAR O MEDALHÃO

Copyright © 2020, Laura Godar
Todos os direitos reservados à Astral Cultural e protegidos pela lei 9.610, de 19.2.1998.
É proibida a reprodução total ou parcial sem a expressa anuência da editora.
Este livro foi revisado segundo o Novo Acordo Ortográfico da língua Portuguesa.

Produção editorial Aline Santos, Bárbara Gatti, Jaqueline Lopes, Fernanda Costa, Mariana Rodrigueiro, Natália Ortega, Renan Oliveira e Tâmizi Ribeiro
Fotos Gutyerrez Erdmann
Capa Marina Ávila

Ilustrações Andrey1005/Shutterstock, Air.matti/Shutterstock, arbit/Shutterstock, Beskova Ekaterina/Shutterstock, BruceBrutis/Shutterstock, Eduard Radu/Shutterstock, Eakdesign/Shutterstock, Elena Eskevich/Shutterstock, Feaspb/Shutterstock, GraphicsRF.com/Shutterstock, JuliyaM/Shutterstock, KBY Design/Shutterstock, klyaksun/Shutterstock, lightkite/Shutterstock, Macrovector/Shutterstock, Midorie/Shutterstock, nem4a/Shutterstock, Olena Piatenko/Shutterstock, Olga1818/Shutterstock, Passion-pearl/Shutterstock, Pushkin/Shutterstock, quinky/Shutterstock, Ridkous Mykhail/Shutterstock, romalka/Shutterstock, Tartila/Shutterstock, twobears_art/Shutterstock, Vectorpocket/Shutterstock, vectorpouch/Shutterstock, vitayulia/Shutterstock, Vladislav Kudoyarov/Shutterstock, Yevheniia Rodina/Shutterstock

Primeira edição (agosto/2020)
Papel de capa Cartão Triplex 300g
Papel de miolo Offset 90g
Gráfica Darthy

Dados Internacionais de Catalogação na Publicação (CIP)
Angélica Ilacqua CRB-8/7057

G522c

Godar, Laura
    Clubinho da Laura / Laura Godar. — Bauru, SP : Astral Cultural, 2020.
    64 p. : il., color.

ISBN: 978-65-81438-14-2

1. Literatura infantojuvenil 2. Passatempos 2. Vlogs (Internet) 3. YouTube (Recurso eletrônico)

I. Título

20-1784   CDD 028.5

Índices para catálogo sistemático:
1. Infantojuvenil 028.5

ASTRAL CULTURAL É A DIVISÃO DE LIVROS
DA EDITORA ALTO ASTRAL.

BAURU
Av. Nossa Senhora de Fátima, 10-24
CEP 17017-337
Telefone: (14) 3235-3878
Fax: (14) 3235-3879

SÃO PAULO
Rua Helena 140, Sala 13
1º andar, Vila Olímpia
CEP 04552-050

E-mail: contato@astralcultural.com.br